우리가
가장
사랑하는
시인

RINA BOOKS

우리가
가장
사랑하는
시인

윤동주
김소월
이육사
한용운

윤동주

김소월

이육사

한용운

윤동주

서 시

죽는 날까지 하늘을 우러러
한 점 부끄럼이 없기를,
잎새에 이는 바람에도
나는 괴로워했다.
별을 노래하는 마음으로
모든 죽어가는 것을 사랑해야지
그리고 나한테 주어진 길을
걸어가야겠다.

오늘 밤에도 별이 바람에 스치운다.

장

이른 아침 아낙네들은 시들은 생활을
바구니 하나 가득 담아 이고.....
업고 지고..... 안고 들고.....
모여드오 자꾸 장에 모여드오.
가난한 생활을 골골이 버려놓고
밀려가고 밀려오고.....
제마다 생활을 외치오..... 싸우오.
왼하로 올망졸망한 생활을
되질하고 저울질하고 자질하다가
날이 저물어 아낙네들이
쓴 생활과 바꾸어 또 이고 돌아가오.

못 자는 밤

하나, 둘, 셋, 넷
……
밤은
많기도 하다.

별 헤는 밤

계절이 지나가는 하늘에는
가을로 가득 차 있습니다.

나는 아무 걱정도 없이
가을 속의 별들을 다 헬 듯합니다.

가슴 속에 하나 둘 새겨지는 별을
이제 다 못 헤는 것은
쉬이 아침이 오는 까닭이요.
내일 밤이 남은 까닭이요.
아직 나의 청춘이 다 하지 않은 까닭입니다.

별 하나에 추억과
별 하나에 사랑과
별 하나에 쓸쓸함과
별 하나에 동경과
별 하나에 시와
별 하나에 어머니, 어머니,

어머님, 나는 별 하나에 아름다운 말 한마디씩 불러봅니다. 소학교 때 책상을 같이했던 아이들의 이름과 패(佩), 경(鏡), 옥(玉), 이런 이국 소녀들의 이름과, 벌써 아기 어머니 된 계집애들의 이름과, 가난한 이웃 사람들의 이름과, 비둘기, 강아지, 토끼, 노새, 노루, '프랑시스 잠', '라이너 마리아 릴케' 이런 시인의 이름을 불러 봅니다.

이네들은 너무나 멀리 있습니다.
별이 아스라이 멀 듯이.

어머님,
그리고 당신은 멀리 북간도에 계십니다.

나는 무엇인지 그리워
이 많은 별빛이 내린 언덕 위에
내 이름자를 써 보고
흙으로 덮어 버리었습니다.

딴은, 밤을 새워 우는 벌레는
부끄러운 이름을 슬퍼하는 까닭입니다.
그러나 겨울이 지나고 나의 별에도 봄이 오면

무덤 위에 파란 잔디가 피어나듯이
내 이름자 묻힌 언덕 위에도
자랑처럼 풀이 무성할거외다.

무서운 시간(時間)

거 나를 부르는 것이 누구요,

가랑잎 이파리 푸르러 나오는 그늘인데,
나 아직 여기 호흡(呼吸)이 남아 있소.

한 번도 손들어 보지 못한 나를
손들어 표할 하늘도 없는 나를
어디에 내 한 몸 둘 하늘이 있어
나를 부르는 것이오.

일을 마치고 내 죽는 날 아침에는
서럽지도 않은 가랑잎이 떨어질 텐데……

나를 부르지 마오.

트루게네프의 언덕

나는 고갯길을 넘고 있었다…… 그 때 세 소년(少年)거지가 나를 지나쳤다.
첫째 아이는 잔등에 바구니를 둘러메고, 바구니 속에는 사이다병, 간즈메통, 쇳조각, 헌 양말 짝 등(等) 폐물(廢物)이 가득하였다.
둘째 아이도 그러하였다.
셋째 아이도 그러하였다.
텁수룩한 머리털 시커먼 얼굴에 눈물 고인 충혈(充血)된 눈, 색(色)잃어 푸르스럼한 입술, 너들너들한 남루(襤褸), 찢겨진 맨발,
아아 얼마나 무서운 가난이 이 어린 소년(少年)들을 삼키었느냐!
나는 측은(惻隱)한 마음이 움직이었다.
나는 호주머니를 뒤지었다. 두툼한 지갑, 시계(時計), 손수건,……있을 것은 죄다 있었다.
그러나 무턱대고 이것들을 내줄 용기(勇氣)는 없었다. 손으로 만지작 만지작거릴 뿐이었다.
다정스레 이야기나 하리라하고 '얘들아' 불러보았다.
첫째 아이가 충혈(充血)된 눈으로 흘끔 돌아다 볼 뿐이었다.
둘째 아이도 그러할 뿐이었다.
셋째 아이도 그러할 뿐이었다.

그리고는 너는 상관없다는 듯이 자기네끼리 소근소근 이야기하면서 고개로 넘어갔다.
언덕 우에는 아무도 없었다.
짙어가는 황혼이 밀려들 뿐 -

새벽이 올 때까지

다들 죽어가는 사람들에게
검은 옷을 입히시오.

다들 살아가는 사람들에게
흰 옷을 입히시오.

그리고 한 침실(寢室)에
가지런히 잠을 재우시오

다들 울거들랑
젖을 먹이시오

이제 새벽이 오면
나팔소리 들려 올 게외다.

이별

눈이 오다 물이 되는 날
잿빛 하늘에 또 뿌연내, 그리고
크다란 기관차는 빼액 울며,
조고만 가슴은 울렁거린다.

이별이 너무 재빠르다, 안타깝게도,
사랑하는 사람을,
일터에서 만나자 하고-

더욱 손의 맛과 구슬눈물이 마르기 전
기차는 꼬리를 산굽으로 돌렸다.

소년(少年)

여기저기서 단풍잎 같은 슬픈 가을이 뚝뚝 떨어진다. 단풍잎 떨어져 나온 자리마다 봄을 마련해 놓고 나뭇가지 위에 하늘이 펼쳐 있다. 가만히 하늘을 들여다보려면 눈썹에 파란 물감이 든다. 두 손으로 따뜻한 볼을 쓸어보면 손바닥에도 파란 물감이 묻어난다. 다시 손바닥을 들여다본다. 손금에는 맑은 강물이 흐르고, 맑은 강물이 흐르고, 강물 속에는 사랑처럼 슬픈 얼굴-아름다운 순이(順伊)의 얼굴이 어린다. 소년(少年)은 황홀히 눈을 감아 본다. 그래도 맑은 강물은 흘러 사랑처럼 슬픈 얼굴-아름다운 순이(順伊)의 얼굴은 어린다.

바람이 불어

바람이 어디로부터 불어와
어디로 불려가는 것일까,

바람이 부는데
내 괴로움에는 이유(理由)가 없다.

내 괴로움에는 이유(理由)가 없을까,

단 한 여자(女子)를 사랑한 일도 없다.
시대(時代)를 슬퍼한 일도 없다.

바람이 자꾸 부는데
내 발이 반석 위에 섰다.

강물이 자꾸 흐르는데
내 발이 언덕 위에 섰다.

산골물

괴로운 사람아 괴로운 사람아
옷자락 물결속에서도
가슴속 깊이 돌돌 샘물이 흘러
이 밤을 더불어 말할이 없도다.
거리의 소음과 노래 부를 수 없도다.
그신 듯이 냇가에 앉았으니
사랑과 일을 거리에 맡기고

가만히 가만히
바다로 가자,
바다로 가자.

자화상

산모퉁이를 돌아 논가 외딴 우물을 홀로 찾아가선 가만히
들여다봅니다.

우물 속에는 달이 밝고 구름이 흐르고 하늘이 펼치고 파아란
바람이 불고 가을이 있습니다.

그리고 한 사나이가 있습니다.
어쩐지 그 사나이가 미워져 돌아갑니다.

돌아가다 생각하니 그 사나이가 가엾어집니다.
도로 가 들여다보니 사나이는 그대로 있습니다.

다시 그 사나이가 미워져 돌아갑니다.
돌아가다 생각하니 그 사나이가 그리워집니다.

우물 속에는 달이 밝고 구름이 흐르며 하늘이 펼치고 파아란
바람이 불고 가을이 있고 추억처럼
사나이가 있습니다.

돌아와 보는 밤

세상으로부터 돌아오듯이 이제 내 좁은 방에 돌아와 불을 끄옵니다. 불을 켜두는 것은 너무나 피로롭은 일이옵니다. 그것은 낮의 연장(延長) 이옵기에 -

이제 창을 열어 공기를 바꾸어 들여야 할 텐데 밖을 가만히 내다 보아야 방 안과 같이 어두워 꼭 세상 같은데 비를 맞고 오던 길이 그대로 비속에 젖어 있사옵니다.

하루의 울분을 씻을바 없어 가만히 눈을 감으면 마음속으로 흐르는 소리, 이제, 사상(思想)이 능금처럼 저절로 익어 가옵니다.

애기의 새벽

우리 집에는
닭도 없단다.
다만
애기가 젖달라 울어서
새벽이 된다.

우리 집에는
시계도 없단다.
다만
애기가 젖달라 보채어
새벽이 된다.

코스모스

청초(淸楚)한 코스모스는
오직 하나인 나의 아가씨,

달빛이 싸늘히 추운 밤이면
옛 소녀(少女)가 못 견디게 그리워
코스모스 핀 정원(庭園)으로 찾아간다.

코스모스는
귀또리 울음에도 수줍어지고,

코스모스 앞에선 나는
어렸을 적처럼 부끄러워지나니,

내 마음은 코스모스의 마음이오
코스모스의 마음은 내 마음이다.

초한대

초 한 대—
내 방에 품긴 향내를 맡는다.

광명의 제단이 무너지기 전
나는 깨끗한 제물을 보았다.

염소의 갈비뼈 같은 그의 몸
그의 생명인 심지(心志)
백옥 같은 눈물과 피를 흘려
불살라 버린다.

그리고도 책상머리에 아롱거리며
선녀처럼 촛불은 춤을 춘다.

매를 본 꿩이 도망하듯이
암흑이 창구멍으로 도망한
나의 방에 품긴
제물의 위대한 향내를 맛보노라.

아침

휙, 휙, 휙,
소꼬리가 부드러운 채찍질로
어둠을 쫓아,
캄, 캄, 어둠이 깊다깊다 밝으오.

이제 이 동리의 아침이
풀살 오는 소엉덩이처럼 푸르오.
이 동리 콩죽 먹은 사람들이
땀물을 뿌려 이 여름을 길렀소.
잎, 잎, 풀잎마다 땀방울이 맺혔소.

구김살 없는 이 아침을
심호흡하오 또 하오.

삶과 죽음

삶은 오늘도 죽음의 서곡(序曲)을 노래하였다.
이 노래가 언제나 끝나랴

세상 사람은 —
뼈를 녹여내는 듯한 삶의 노래에
춤을 춘다.
사람들은 해가 넘어가기 전
이 노래 끝의 공포(恐怖)를
생각할 사이가 없었다.

하늘 복판에 알 새기듯이
이 노래를 부른 자(者)가 누구뇨

그리고 소낙비 그친 뒤 같이도
이 노래를 그친 자(者)가 누구뇨

죽고 뼈만 남은
죽음의 승리자(勝利者) 위인(偉人)들!

비 오는 밤

쏴~ 철석! 파도 소리 문살에 부서져
잠 살포시 꿈이 흩어진다.

잠은 한낱 검은 고래 떼처럼 설레어,
달랠 아무런 재주도 없다.

불을 밝혀 잠옷을 정성스레 여미는
삼경(三更)
염원(念願)

동경(憧憬)의 땅 강남에 또 홍수질 것만 싶어,
바다의 향수보다 더 호젓해진다.

소낙비

번개, 뇌성, 왁자지근 뚜다려
머-ㄴ 도회지에 낙뢰가 있어만 싶다.

벼루짱 엎어논 하늘로
살 같은 비가 살처럼 쏟아진다.

손바닥만한 나의 정원이
마음같이 흐린 호수되기 일수다.

바람이 팽이처럼 돈다.
나무가 머리를 이루 잡지 못한다.

내 경건(敬虔)한 마음을 모셔드려
노아 때 하늘을 한 모금 마시다.

사랑의 전당(殿堂)

순(順)아 너는 내 전(殿)에 언제 들어갔던 것이냐?
내사 언제 네 전(殿)에 들어갔던 것이냐?

우리들의 전당(殿堂)은
고풍(古風)한 풍습(風習)이 어린 사랑의 전당(殿堂)

순(順)아 암사슴처럼 수정(水晶)눈을 나려감어라.
난 사자처럼 엉크린 머리를 고루련다.

우리들의 사랑은 한낱 벙어리였다.

청춘(青春!)
성(聖)스런 촛대에 열(熱)한 불이 꺼지기 전(前)
순(順)아 너는 앞문으로 내달려라.

어둠과 바람이 우리창(窓)에 부닥치기 전(前)
나는 영원(永遠)한 사랑을 안은 채
뒷문으로 멀리 사라지련다.

이제
네게는 삼림(森林)속의 아늑한 호수(湖水)가 있고
내게는 험준한 산맥(山脈)이 있다.

길

잃어 버렸습니다.
무얼 어디다 잃었는지 몰라
두 손이 주머니를 더듬어
길게 나아갑니다.

돌과 돌과 돌이 끝없이 연달아
길은 돌담을 끼고 갑니다.

담은 쇠문을 굳게 닫아
길 위에 긴 그림자를 드리우고
길은 아침에서 저녁으로
저녁에서 아침으로 통했습니다.

돌담을 더듬어 눈물 짓다
쳐다보면 하늘은 부끄럽게 푸릅니다.

풀 한포기 없는 이 길을 걷는 것은
담 저쪽에 내가 남아있는 까닭이고,

내가 사는 것은, 다만,
잃은 것을 찾는 까닭입니다.

참회록

파란 녹이 낀 구리거울 속에
내 얼굴이 남아 있는 것은
어느 왕조(王朝)의 유물(遺物)이기에
이다지도 욕될까.

나는 나의 참회(懺悔)의 글을 한 줄에 줄이자.
…만(滿) 이십 사년 일 개월을
무슨 기쁨을 바라 살아 왔던가.

내일이나 모레나 그 어느 즐거운 날에
나는 또 한 줄의 참회록을 써야 한다.
…그때 그 젊은 나이에
왜 그런 부끄런 고백(告白)을 했던가.

밤이면 밤마다 나의 거울을
손바닥으로 발바닥으로 닦아 보자.

그러면 어느 운석(隕石) 밑으로 홀로 걸어가는
슬픈 사람의 뒷모양이
거울 속에 나타나온다.

쉽게 쓰여진 시

창 밖에 밤비가 속살거려
육첩방(六疊房)은 남의 나라

시인이란 슬픈 천명인 줄 알면서도
한 줄 시를 적어볼까

땀내와 사랑 내 포근히 품긴
보내주신 학비봉투를 받아

대학 노-트를 끼고
늙은 교수의 강의 들으러 간다.

생각해보면 어린 때 동무를
하나, 둘, 죄다 잃어버리고

나는 무얼 바라
나는 다만, 홀로 침전하는 것일까?

인생은 살기 어렵다는데
시가 이렇게 쉽게 씌어지는 것은
부끄러운 일이다.

육첩방은 남의 나라
창 밖에 밤비가 속살거리는데

등불을 밝혀 어둠을 조금 내몰고
시대처럼 올 아침을 기다리는 최후의 나

나는 나에게 작은 손을 내밀어
눈물과 위안으로 잡은 최초의 악수.

사랑스런 추억(追憶)

봄이 오던 아침, 서울 어느 쪼그만 정거장(停車場)에서
희망(希望)과 사랑처럼 기차(汽車)를 기다려,

나는 플랫폼에 간신한 그림자를 떨어뜨리고,
담배를 피웠다.

내 그림자는 담배연기 그림자를 날리고
비둘기 한 떼가 부끄러울 것도 없이
나래 속을 속, 속, 햇빛에 비춰, 날았다.

기차(汽車)는 아무 새로운 소식도 없이
나를 멀리 실어다 주어,

봄은 다 가고—동경교외(東京郊外) 어느 조용한
하숙방(下宿房)에서, 옛 거리에 남은 나를 희망(希望)과
사랑처럼 그리워한다.

오늘도 기차(汽車)는 몇 번이나 무의미(無意味)하게 지나가고,

오늘도 나는 누구를 기다려
정거장(停車場) 가까운 언덕에서 서성거릴게다.

—아아 젊음은 오래 거기 남아 있거라.

그 여자(女子)

함께 핀 꽃에 처음 익은 능금은
먼저 떨어졌습니다.

오늘도 가을바람은 그냥 붑니다.

길가에 떨어진 붉은 능금은
지나는 손님이 집어 갔습니다.

달같이

연륜이 자라듯이
달이 자라는 고요한 밤에
달같이 외로운 사랑이
가슴하나 뻐근히
연륜처럼 피어나간다.

흐르는 거리

으스럼히 안개가 흐른다. 거리가 흘러간다. 저 전차(電車), 자동차(自動車), 모든 바퀴가 어디로 흘리워 가는 것일까? 정박(碇泊)할 아무 항구(港口)도 없이, 가련한 많은 사람들을 싣고서, 안개속에 잠긴 거리는,

거리 모퉁이 붉은 포스트상자를 붙잡고 섰을라면 모든 것이 흐르는 속에 어렴풋이 빛나는 가로등(街路燈), 꺼지지 않는 것은 무슨 상징(象徵)일까? 사랑하는 동무 박(朴)이여! 그리고 김(金)이여! 자네들은 지금 어디 있는가? 끝없이 안개가 흐르는데,

'새로운 날 아침 우리 다시 정(情)답게 손목을 잡어 보세' 몇자(字) 적어 포스트 속에 떨어뜨리고, 밤을 새워 기다리면 금휘장(金徽章)에 금(金)단추를 삐었고 거인(巨人)처럼 찬란히 나타나는 배달부(配達夫), 아침과 함께 즐거운 내임(來臨),

이 밤을 하염없이 안개가 흐른다.

거리에서

달밤의 거리
광풍(狂風)이 휘날리는
북국(北國)의 거리
도시(都市)의 진주(眞珠)
전등(電燈)밑을 헤엄치는
조그만 인어(人魚) 나,
달과 전등에 비쳐
한 몸에 둘 셋의 그림자,
커졌다 작아졌다.

괴로움의 거리
회색(灰色)빛 밤거리를
걷고 있는 이 마음
선풍(旋風)이 일고 있네
외로우면서도
한 갈피 두 갈피
피어나는 마음의 그림자,
푸른 공상(空想)이
높아졌다 낮아졌다.

봄

봄이 혈관(血管)속에 시내처럼 흘러
돌, 돌, 시내 가까운 언덕에
개나리, 진달래, 노오란 배추꽃

삼동(三冬)을 참아온 나는
풀포기처럼 피어난다.

즐거운 종달새야
어느 이랑에서나 즐거웁게 솟쳐라.

푸르른 하늘은
아른아른 높기도 한데……

눈 오는 지도(地圖)

순이(順伊)가 떠난다는 아침에 말 못할 마음으로 함박눈이 나려, 슬픈 것처럼 창(窓)밖에 아득히 깔린 지도(地圖) 위에 덮인다. 방(房) 안을 돌아다보아야 아무도 없다. 벽(壁)이나 천정(天井)이 하얗다. 방(房) 안에까지 눈이 내리는 것일까, 정말 너는 잃어버린 역사(歷史)처럼 홀홀이 가는 것이냐, 떠나기 전(前)에 일러둘 말이 있던 것을 편지를 써서도 네가 가는 곳을 몰라 어느 거리, 어느 마을, 어느 지붕 밑, 너는 내 마음속에만 남아 있는 것이냐, 네 쪼고만 발자국을 눈이 자꾸 나려 덮어 따라갈 수도 없다. 눈이 녹으면 남은 발자국 자리마다 꽃이 피리니 꽃 사이로 발자국을 찾아 나서면 일년(一年) 열두 달 하냥 내 마음에는 눈이 내리리라.

새로운 길

내를 건너서 숲으로
고개를 넘어서 마을로

어제도 가고 오늘도 갈
나의 길 새로운 길

민들레가 피고 까치가 날고
아가씨가 지나고 바람이 일고

나의 길은 언제나 새로운 길
오늘도..... 내일도.....

내를 건너서 숲으로
고개를 넘어서 마을로

공상(空想)

내 마음의 탑
나는 말없이 이탑을 쌓고 있다
명예와 허영의 천공에다
무너질 줄 모르고
한층 두층 높이 쌓는다.

무한한 나의 공상
그것은 내 마음의 바다
나는 두 팔을 펄쳐서
나의 바다에서
자유로이 헤엄친다.
황금 지욕(知慾)의 수평선을 향하여

눈 감고 간다

태양(太陽)을 사모하는 아이들아
별을 사랑하는 아이들아

밤이 어두웠는데
눈 감고 가거라.

가진 바 씨앗을
뿌리면서 가거라.

발부리에 돌이 채이거든
감았던 눈을 와짝 떠라.

황혼(黃昏)이 바다가 되어

하루도 검푸른 물결에
흐느적 잠기고……잠기고……

저— 웬 검은 고기떼가
물든 바다를 날아 횡단(橫斷)할고.

낙엽(落葉)이 된 해초(海草)
해초(海草)마다 슬프기도 하오.

서창(西窓)에 걸린 해말간 풍경화(風景畵).
옷고름 너어는 고아(孤兒)의 설움.

이제 첫 항해(航海)하는 마음을 먹고
방바닥에 나뒹구오……뒹구오……

황혼(黃昏)이 바다가 되어
오늘도 수(數)많은 배가
나와 함께 이 물결에 잠겼을 게오.

아우의 인상화

붉은 이마에 싸늘한 달이 서리어
아우의 얼굴은 슬픈 그림이다.

발걸음을 멈추어
살그머니 애띤 손을 잡으며

'늬는 자라 무엇이 되려니'
'사람이 되지'
아우의 설은 진정코 설은 대답이다.

슬며시 잡았던 손을 놓고
아우의 얼굴을 다시 들여다본다.

싸늘한 달이 붉은 이마에 젖어
아우의 얼굴은 슬픈 그림이다.

남쪽 하늘

제비는 두 나래를 가지었다.
시산한 가을날-

어머니의 젖가슴이 그리운
서리 나리는 저녁-
어린 영(靈)은 쪽나래의 향수를 타고
남쪽 하늘에 떠돌 뿐-

버선본

어머니
누나 쓰다버린 습자지는
두었다간 뭣에 쓰나요?

그런 줄 몰랐드니
습자지에다 내 버선 놓고
가위로 오려
버선본 만드는 걸.

어머니
내가 쓰다버린 몽당연필은
두었다간 뭣에 쓰나요?

그런 줄 몰랐드니
천 우에다 버선본 놓고
침 발려 점을 찍곤
내 버선 만드는 걸.

나무

나무가 춤을 추면
바람이 불고,
나무가 잠잠하면
바람도 자오.

겨울

처마 밑에
시래기 다래미
바삭바삭
추어요.

길바닥에
말똥 동그램이
달랑달랑
얼어요.

편지

누나!
이 겨울에도
눈이 가득히 왔습니다.

흰 봉투에
눈을 한줌 넣고
글씨도 쓰지 말고
우표도 붙이지 말고
말쑥하게 그대로
편지를 부칠까요?

누나 가신 나라엔
눈이 아니 온다기에.

조개껍질

아롱아롱 조개껍데기
울 언니 바닷가에서
주어온 조개껍데기

여긴 여긴 북쪽나라요
조개는 귀여운 선물
장난감 조개껍데기

데굴데굴 굴리며 놀다
짝 잃은 조개껍데기
한 짝을 그리워하네

아롱아롱 조개껍데기
나처럼 그리워하네
물소리 바닷물 소리.

거짓부리

똑, 똑, 똑,
문 좀 열어 주세요
하룻밤 자고 갑시다
　밤은 깊고 날은 추운데
　거 누굴까?
문 열어 주고 보니
검둥이의 꼬리가
거짓부리 한 걸.

꼬기요, 꼬기요,
달걀 낳았다.
간난아! 어서 집어 가거라
　간난이가 뛰어가 보니
　달걀은 무슨 달걀,
고놈의 알탉이
대낮에 새빨간
거짓부리 한 걸.

개

눈 위에서
개가
꽃을 그리며
뛰오.

반딧불

가자 가자 가자
숲으로 가자
달조각을 주으러
숲으로 가자.

——그믐밤 반디불은
——부서진 달조각,

가자 가자 가자
숲으로 가자
달조각을 주으러
숲으로 가자.

둘 다

바다도 푸르고
하늘도 푸르고

바다도 끝없고
하늘도 끝없고

바다에 돌 던지고
하늘에 침 뱉고

바다는 벙글
하늘은 잠잠.

사과

붉은 사과 한 개를
아버지, 어머니,
누나, 나, 넷이서
껍질째로 송치까지
다 — 나누어 먹었소.

기왓장 내외

비오는날 저녁에 기왓장내외
잃어버린 외아들 생각나선지
꼬부라진 잔등을 어루만지며
쭈룩쭈룩 구슬퍼 울음웁니다.

대궐지붕 위에서 기왓장내외
아름답든 옛날이 그리워선지
주름잡힌 얼굴을 어루만지며
물끄러미 하늘만 쳐다봅니다.

창구멍

바람부는 새벽에 장터가시는
우리아빠 뒷자취 보구싶어서
침을발라 뚫어논 작은창구멍
아롱아롱 아침해 비치웁니다.

눈나리는 져녁에 나무팔러간
우리아빠 오시나 기다리다가
혀끝으로 뚫어논 작은창구멍
살랑살랑 찬바람 날아듭니다.

햇비

아씨처럼 나린다
보슬보슬 햇비
맞아주자 다 같이
　옥수숫대처럼 크게
　닷자엿자 자라게
　햇님이 웃는다
　나보고 웃는다.

하늘다리 놓였다
알롱알롱 무지개
노래하자 즐겁게
　동무들아 이리 오나
　다 같이 춤을 추자
　햇님이 웃는다
　즐거워 웃는다.

호주머니

넣을 것 없어
걱정이던
호주머니는,

겨울만 되면
주먹 두 개 갑북 갑북.

고추밭

시들은 잎새 속에서
고 빠알간 살을 드러내 놓고,
고추는 방년(芳年)된 아가씬양
땍볕에 자꾸 익어 간다.

할머니는 바구니를 들고
밭머리에서 어정거리고
손가락 너어는 아이는
할머니 뒤만 따른다.

빗자루

요오리 조리 베면 저고리 되고
이이렇게 베면 큰 총 되지.
　누나하고 나하고
　가위로 종이 쏠았더니
　어머니가 빗자루 들고
　누나 하나 나 하나
　엉덩이를 때렸소
　방바닥이 어지럽다고
　아아니 아니
　고놈의 빗자루가
　방바닥 쓸기 싫으니
　그랬지 그랬어
괘씸하여 벽장 속에 감췄드니
이튿날 아침 빗자루가 없다고
어머니가 야단이지요.

무얼 먹고 사나

바닷가 사람
물고기 잡아먹고 살고

산골엣 사람
감자 구워 먹고 살고
별나라 사람
무얼 먹고 사나.

빗 뒤

"어 — 얼마나 반가운 비냐"
할아버지의 즐거움.

가물 들었던 곡식 자라는 소리
할아버지 담배 빠는 소리와 같다.

빗 뒤의 햇살은
풀잎에 아름답기도 하다.

만돌이

만돌이가 학교에서 돌아오다가
전봇대 있는 데서
돌짜기 다섯 개를 주웠습니다.

전봇대를 겨누고
돌 첫개를 뿌렸습니다.
-딱-
두 개째 뿌렸습니다.
-아뿔싸-
세 개째 뿌렸습니다.
-딱-
네 개째 뿌렸습니다.
-아뿔싸-
다섯 개째 뿌렸습니다.
-딱-

다섯 개에 세 개.....
그만하면 되었다.

내일 시험,
다섯 문제에 세 문제만 하면

손꼽아 구구를 하여 봐도
허양 육십 점이다.
볼 거 있나 공 차러 가자.

이 이튿날 만돌이는
꼼짝 못하고 선생님한테
흰 종이를 바쳤을까요.
그렇잖으면 정말
육십 점을 맞았을까요.

빨래

빨랫줄에 두 다리를 드리우고
흰 빨래들이 귓속 이야기하는 오후,

쨍쨍한 칠월 햇발은 고요히도
아담한 빨래에만 달린다.

굴뚝

산골짜기 오막살이 낮은 굴뚝엔
몽기몽기 웬 연기 대낮에 솟나,

감자를 굽는 게지 총각애들이
깜박깜박 검은 눈이 모여 앉아서
입술에 꺼멓게 숯을 바르고
옛이야기 한 커리에 감자 하나씩.

산골짜기 오막살이 낮은 굴뚝엔
살랑살랑 솟아나네 감자 굽는 내.

산울림

까치가 울어서
산울림,
아무도 못 들은
산울림.

까치가 들었다.
산울림,
저 혼자 들었다.
산울림.

햇빛 · 바람

손가락에 침 발러
쏘옥, 쏙, 쏙,
장에 가는 엄마 내다보려
문풍지를
쏘옥, 쏙, 쏙,

아침에 햇빛이 반짝,

손가락에 침 발러
쏘옥, 쏙, 쏙,
장에 가신 엄마 돌아오나
문풍지를
쏘옥, 쏙, 쏙,

저녁에 바람이 솔솔.

해바라기 얼굴

누나의 얼굴은
　해바라기 얼굴
해가 금방 뜨자
　일터에 간다.

해바라기 얼굴은
　누나의 얼굴
얼굴이 숙어들어
　집으로 온다.

병아리

'뾰, 뾰, 뾰,
엄마 젖 좀 주'
병아리 소리.

'꺽, 꺽, 꺽,
오냐 좀 기다려'
엄마 닭 소리.

좀 있다가
병아리들은
엄마 품속으로
다 들어갔지요.

귀뚜라미와 나와

귀뚜라미와 나와
잔디밭에서 이야기했다.

귀뜰귀뜰
귀뜰귀뜰

아무에게도 알으켜 주지 말고
우리 둘만 알자고 약속했다.

귀뜰귀뜰
귀뜰귀뜰

귀뚜라미와 나와
달 밝은 밤에 이야기했다.

할아버지

왜떡이 쓴 데도
자꾸 달라고 하오.

김소월

가는 길

그립다
말을 할까
하니 그리워

그냥 갈까
그래도
다시 더 한번(番)……

저 산(山)에도 까마귀, 들에 까마귀,
서산(西山)에는 해 진다고
지저귑니다.

앞 강(江)물, 뒷 강(江)물,
흐르는 물은
어서 따라오라고 따라가자고
흘러도 연달아 흐릅디다려.

예전엔 미처 몰랐어요

봄 가을 없이 밤마다 돋는 달도
'예전엔 미처 몰랐어요.'

이렇게 사무치게 그리울 줄도
'예전엔 미처 몰랐어요.'

달이 암만 밝아도 쳐다볼 줄을
'예전엔 미처 몰랐어요.'

이제금 저 달이 설움인 줄은
'예전엔 미처 몰랐어요.'

진달래꽃

나 보기가 역겨워
가실 때에는
말없이 고이 보내 드리우리다.

영변(寧邊)에 약산(藥山)
진달래꽃
아름 따다 가실 길에 뿌리우리다.

가시는 걸음 걸음
놓인 그 꽃을
사뿐히 즈려 밟고 가시옵소서.

나 보기가 역겨워
가실 때에는
죽어도 아니 눈물 흘리우리다.

가는 봄 삼월

가는 봄 삼월, 삼월은 삼질
강남 제비도 안 잊고 왔는데,
아무렴은요
설게 이때는 못 잊게, 그리워.

잊으시기야, 했으랴, 하마 어느새,
님 부르는 꾀꼬리 소리.
울고 싶은 바람은 점도록 부는데
설리도 이때는
가는 봄 삼월, 삼월은 삼질

먼 후일

먼 훗날 당신이 찾으시면
그때에 내 말이 '잊었노라'

당신이 속으로 나무라면
'무척 그리다가 잊었노라'

그래도 당신이 나무라면
'믿기지 않아서 잊었노라'

오늘도 어제도 아니 잊고
먼 훗날 그때에 '잊었노라'

못 잊어

못 잊어 생각이 나겠지요,
그런대로 한 세상 지내시구려,
사노라면 잊힐 날 있으리다.

못 잊어 생각이 나겠지요,
그런대로 세월만 가라시구려,
못 잊어도 더러는 잊히오리다.

그러나 또 한긋 이렇지요,
'그리워 살뜰히 못 잊는데,
어쩌면 생각이 떠지나요?'

그리워

봄이 다 가기 전
이 꽃이 다 흩기 전
그린 님 오실까구
뜨는 해 지기 전에

엷게 흰 안개 새에
바람은 무겁거니
밤샌 달 지는 양자
어제와 그리 같이

붙일 길 없는 맘세
그린 님 언제 뵐련
우는 새 다음 소린
늘 함께 듣사오면

꽃촉(燭)불 켜는 밤

꽃촉(燭)불 켜는 밤, 깊은 골방에 만나라.
아직 젊어 모를 몸, 그래도 그들은
해 달 같이 밝은 맘, 저저마다 있노라.
그러나 사랑은 한두 번(番)만 아니라, 그들은 모르고.

꽃촉(燭)불 켜는 밤, 어스러한 창(窓) 아래 만나라.
아직 앞길 모를 몸, 그래도 그들은
솔대 같이 굳은 맘, 저저마다 있노라.
그러나 세상은, 눈물날 일 많아라, 그들은 모르고.

오시는 눈

땅 위에 새하얗게 오시는 눈
기다리는 날에는 오시는 눈
오늘도 저 안 온 날 오시는 눈
저녁불 켤 때마다 오시는 눈

눈물이 쉬루르 흘러납니다

눈물이 수르르 흘러납니다,
당신이 하도 못 잊게 그리워서
그리 눈물이 수르르 흘러납니다.

잊히지도 않는 그 사람은
아주나 내버린 것이 아닌데도,
눈물이 수르르 흘러납니다.

가뜩이나 설운 맘이
떠나지 못할 운(運)에 떠난 것도 같아서
생각하면 눈물이 쉬루르 흘러납니다.

엄마야 누나야

엄마야 누나야 강변(江邊) 살자,
뜰에는 반짝이는 금(金)모래빛,
뒷문(門) 밖에는 갈잎의 노래
엄마야 누나야 강변(江邊) 살자!

오는 봄

봄날이 오리라고 생각하면서
쓸쓸한 긴 겨울을 지나보내라.
오늘 보니 백양(白楊)의 뻗은 가지에
전(前)에 없이 흰새가 앉아 울어라.

그러나 눈이 깔린 두던 밑에는
그늘이냐 안개냐 아지랑이냐.
마을들은 곳곳이 움직임 없이
저편(便) 하늘 아래서 평화(平和)롭건만.

새들게 지껄이는 까치의 무리.
바다를 바라보며 우는 까마귀.
어디로써 오는지 종경 소리는
젊은 아기 나가는 조곡(吊曲)일러라.

보라 때에 길손도 머뭇거리며
지향없이 갈 발이 곳을 몰라라.
사무치는 눈물은 끝이 없어도
하늘을 쳐다보는 살음의 기쁨.

저마다 외로움의 깊은 근심이
오도가도 못하는 망상거림에
오늘은 사람마다 님을 여이고
곳을 잡지 못하는 설움일러라.

오기를 기다리는 봄의 소리는
때로 여윈 손끝을 울릴지라도
수풀 밑에 서리운 머리카락들은
걸음 걸음 괴로이 발에 감겨라.

잊었던 맘

집을 떠나 먼 저곳에
외로이도 다니던 내 심사를!
바람 불어 봄꽃이 필 때에는
어찌타 그대는 또 왔는가.
저도 잊고 나니 저 모르던 그대
어찌하여 옛날의 꿈조차 함께 오는가.
쓸데도 없이 서럽게만 오고가는 맘.

봄비

어룰 없이 지는 꽃은 가는 봄인데
어룰 없이 오는 비에 봄은 울어라.

서럽다, 이 나의 가슴속에는!
보라, 높은 구름 나무의 푸릇한 가지.

그러나 해 늦으니 어스름인가,
애달피 고운 비는 그어 오지만
내 몸은 꽃자리에
다시 주저앉아 우노라.

밤

홀로 잠들기가 참말 외로워요
맘에는 사무치도록 그리워와요
이리도 무던히
아주 얼굴조차 잊힐듯해요.

벌써 해가 지고 어두운데요,
이곳은 인천(仁川)에 제물포(濟物浦), 이름난 곳,
부슬부슬 오는 비에 밤이 더디고
바닷바람이 춥기만 합니다.

다만 고요히 누워 들으면
다만 고요히 누워 들으면
하얗게 밀려드는 봄 밀물이
눈앞을 가로막고 흐느낄 뿐이어요.

깊고 깊은 언약

몹쓸은 꿈을 깨어 돌아누울 때,
봄이 와서 멧나물 돋아나올 때,
아름다운 젊은이 앞을 지날 때,
잊어버렸던 듯이 저도 모르게,
얼결에 생각나는 '깊고 깊은 언약'

산유화(山有花)

산에는 꽃 피네
꽃이 피네.
갈 봄 여름 없이
꽃이 피네.

산에
산에
피는 꽃은
저만치 혼자서 피어 있네.

산에서 우는 작은 새여.
꽃이 좋아
산에서
사노라네.

산에는 꽃 지네
꽃이 지네.
갈 봄 여름 없이
꽃이 지네.

님과 벗

벗은 설움에서 반갑고
님은 사랑에서 좋아라.
딸기꽃 피어서 향기(香氣)로운 때를
고초(苦草)의 붉은 열매 익어가는 밤을
그대여, 부르라, 나는 마시리.

님의 노래

그리운 우리 님의 맑은 노래는
언제나 제 가슴에 젖어 있어요

긴 날을 문 밖에서 서서 들어도
그리운 우리 님의 고운 노래는
해지고 저물도록 귀에 들려요
밤들고 잠들도록 귀에 들려요

고이도 흔들리는 노랫가락에
내 잠은 그만이나 깊이 들어요
고적한 잠자리에 홀로 누어도
내 잠은 포스근히 깊이 들어요

그러나 자다 깨면 님의 노래는
하나도 남김없이 잃어버려요
들으면 듣는 대로 님의 노래는
하나도 남김없이 잊고 말아요

눈

새하얀 흰 눈, 가비얍게 밟을 눈,
재 같아서 날릴 꺼질 듯한 눈
바람엔 흩어져도 불길에야 녹을 눈,
계집의 마음, 임의 마음.

구름

저기 저 구름을 잡아타면
붉게도 피로 물든 저 구름을,
밤이면 새캄한 저 구름을.
잡아타고 내 몸은 저 멀리로
구만리(九萬里) 긴 하늘을 날아 건너
그대 잠든 품속에 안기렸더니,
애스러라, 그리는 못한대서,
그대여, 들으라 비가 되어
저 구름이 그대한테로 내리거든,
생각하라, 밤저녁, 내 눈물을.

자나깨나 앉으나 서나

자나깨나 앉으나 서나
그림자 같은 벗 하나이 내게 있었습니다.

그러나, 우리는 얼마나 많은 세월을
쓸데없는 괴로움으로만 보내었겠습니까!

오늘은 또다시, 당신의 가슴속, 속모를 곳을
울면서 나는 휘저어 버리고 떠납니다 그려.

허수한 맘, 둘 곳 없는 심사(心事)에 쓰라린 가슴은
그것이 사랑, 사랑이던 줄이 아니도 잊힙니다.

강촌(江村)

날 저물고 돋는 달에
흰 물은 솰솰……
금모래 반짝…….
청(靑)노새 몰고 가는 낭군(郎君)!
여기는 강촌(江村)
강촌(江村)에 내 몸은 홀로 사네.
말하자면, 나도 나도
늦은 봄 오늘이 다 진(盡)토록
백년처권(百年妻眷)을 울고 가네.
길쎄 저문 나는 선비,
당신은 강촌(江村)에 홀로된 몸.

개여울

당신은 무슨 일로
그리합니까?
홀로이 개여울에 주저앉아서

파릇한 풀포기가
돋아 나오고
잔물은 봄바람에 헤적일 때에

가도 아주 가지는
않노라시던
그러한 약속(約束)이 있었겠지요.

날마다 개여울에
나와 앉아서
하염없이 무엇을 생각합니다.

가도 아주 가지는
않노라심은
굳이 잊지 말라는 부탁인지요.

새벽

낙엽(落葉)이 발이 숨는 못물가에
우뚝우뚝한 나무 그림자
물빛조차 어섬푸레히 떠오르는데,
나 혼자 섰노라, 아직도 아직도,
동(東)녘 하늘은 어두운가.
천인(天人)에도 사랑 눈물, 구름 되어,
외로운 꿈의 베개, 흐렸는가
나의 님이여, 그러나 그러나
고이도 붉으스레 물 질러 와라
하늘 밟고 저녁에 섰는 구름.
반(半)달은 중천(中天)에 지새일 때.

바람과 봄

봄에 부는 바람, 바람 부는 봄,
작은 가지 흔들리는 부는 봄바람,
내 가슴 흔들리는 바람, 부는 봄,
봄이라 바람이라 이 내 몸에는
꽃이라 술잔이라 하며 우노라.

초혼(招魂)

산산이 부서진 이름이여!
허공중에 헤어진 이름이여!
불러도 주인 없는 이름이여!
부르다가 내가 죽을 이름이여!

심중(心中)에 남아 있는 말 한 마디는
끝끝내 마저 하지 못하였구나.
사랑하던 그 사람이여!
사랑하던 그 사람이여!

붉은 해는 서산마루에 걸리었다.
사슴의 무리도 슬피 운다.
떨어져 나가 앉은 산 위에서
나는 그대의 이름을 부르노라.

설움에 겹도록 부르노라.
설움에 겹도록 부르노라.
부르는 소리는 비껴가지만
하늘과 땅 사이가 너무 넓구나.

선 채로 이 자리에 돌이 되어도
부르다가 내가 죽을 이름이여!
사랑하던 그 사람이여!
사랑하던 그 사람이여!

나는 세상 모르고 사랏노라

'가고 오지못한다'는 말을
철업든 내귀로 드렷노라.
만수산(萬壽山) 올나서서
옛날에 갈나선 그내님도
오늘날 뵈올수 잇섯스면.

나는 세상모르고 사랏노라,
고락에 겨운입술로는
갓튼말도 죠곰더 영리하게
말하게도 지금은 되엿건만.
오히려 세상모르고 사랏스면!

'도라서면 모심타'는말이
그무슨 인줄을 아랏스랴.
제석산(啼昔山) 붓는불은
옛날에 갈나선 그내님의
무덤엣 풀이라도 태왓스면!

우리 집

이바루
외따로 와 지나는 사람 없으니
'밤 자고 가자' 하며 나는 앉어라.

저 멀리, 하느편에
배는 떠나나가는
노래 들리며

눈물은
흘려나려라
스스로 나려감는 눈에.

꿈에도 생시에도 눈에 선한 우리집
또 저 산(山) 넘어넘어
구름은 가라.

드리는 노래

한집안 사람 같은 저기 저 달님

당신은 사랑의 달님이 되고
우리는 사랑의 달무리가 되자.
쳐다보아도 가까운 달님
늘 같이 놀아도 싫잖은 우리.

미더움 의심 없는 모름의 달님

당신은 분명한 약속이 되고
우리는 분명한 지킴이 되자
밤이 지샌 뒤라도 그믐의 달님
잊은 듯 보였다도 반기는 우리.

귀엽긴 귀여워도 의젓한 달님

당신은 온 천함의 달님이 되고
우리는 온 천함의 잔별이 되자.
넓은 하늘이라도 좁았던 달님
수줍음 수줍음을 따르는 우리.

눈 오는 저녁

바람 자는 이 저녁
흰 눈은 퍼붓는데
무엇하고 계시노
같은 저녁 금년(今年)은……

꿈이라도 꾸면은!
잠들면 만날런가.
잊었던 그 사람은
흰 눈 타고 오시네.

저녁때, 흰 눈은 퍼부어라.

옛 낮

생각의 끝에는 졸음이 오고
그리움 끝에는 잊음이 오나니,
그대여, 말을 말어라, 이후(後)부터,
우리는 옛낯 없는 설움을 모르리.

님에게

한때는 많은 날을 당신 생각에
밤까지 새운 일도 없지 않지만
아직도 때마다는 당신 생각에
축업은 베갯가의 꿈은 있지만

낯모를 딴 세상의 네길거리에
애닯이 날 저무는 갓스물이여
캄캄한 어두운 밤 들에 헤매도
당신은 잊어버린 설움이외다

당신을 생각하면 지금이라도
비오는 모래밭에 오는 눈물의
축업은 베갯가의 꿈은 있지만
당신은 잊어버린 설움이외다

고적(孤寂)한 날

당신님의 편지를
받은 그날로
서러운 풍설(風說)이 돌았습니다.

물에 던져 달라고 하신, 그 뜻은
언제나 꿈꾸며 생각하라는
그 말씀인 줄 압니다.

흘려 쓰신 글씨나마
언문(諺文) 글자로
눈물이라고 적어 보내셨지요.

물에 던져 달라고 하신 그 뜻은
뜨거운 눈물 방울방울 흘리며,
맘 곱게 읽어달라는 말씀이지요.

가을 아침에

아득한 퍼스레한 하늘 아래서
회색의 지붕들은 번쩍거리며
성깃한 섭나무의 드문 수풀을
바람은 오다가다 울며 만날 때
보일락말락하는 멧골에서는
안개가 어스러히 흘러 쌓여라

아아 이는 찬비 온 새벽이러라
냇물도 잎새 아래 얼어붙누나
눈물에 쌓여 오는 모든 기억은
피 흘린 상처조차 아직 새로운
가주난 아기같이 울며 서두는
내 영을 에워싸고 속살거려라

'그대의 가슴속이 가비얍던 날
그리운 그 한때는 언제였었노!'
아아 어루만지는 고운 그 소리
쓰라린 가슴에서 속살거리는
미움도 부끄럼도 잊은 소리에
끝없이 하염없이 나는 울어라

서름의 덩이

꿇어앉아 올리는 향로의 향불.
내 가슴에 조그만 설움의 덩이.
초닷새 달그늘에 빗물이 운다.
내 가슴에 조그만 설움의 덩이.

꿈꾼 그 옛날

밖에는 눈, 눈이 와라,
고요히 창 아래로는 달빛이 들어라.
어스름 타고서 오신 그 여자(女子)는
내 꿈의 품속으로 들어와 안겨라.

나의 베개는 눈물로 함빡히 젖었어라.
그만 그 여자는 가고 말았느냐.
다만 고요한 새벽, 별 그림자 하나가
창(窓)틈을 엿보아라.

가시나무

산에도 가시나무 가시덤불은
덤불덤불 산마루로 뻗어 올랐소.

산에는 가려 해도 가지 못하고
바로 말로 집도 있는 내 몸이라오.

길에 가선 혼잣몸이 홑옷자락은
하룻밤에 두세 번은 젖기도 했소.

들에도 가시나무 가시덤불은
덤불덤불 들 끝으로 뻗어나갔소.

이육사

청포도

내 고장 칠월은
청포도가 익어 가는 시절

이 마을 전설이 주저리주저리 열리고
먼 데 하늘이 꿈꾸려 알알이 들어와 박혀

하늘 밑 푸른 바다가 가슴을 열고
흰 돛단배가 곱게 밀려서 오면

내가 바라는 손님은 고달픈 몸으로
청포(靑袍)를 입고 찾아온다고 했으니

내 그를 맞아 이 포도를 따먹으면
두 손은 함뿍 적셔도 좋으련

아이야 우리 식탁엔 은쟁반에
하이얀 모시 수건을 마련해 두렴

한 개의 별을 노래하자

한 개의 별을 노래하자 꼭 한 개의 별을
십이성좌(十二星座) 그 숱한 별을 어찌나 노래하겠니

꼭 한 개의 별! 아침 날 때 보고 저녁 들 때도 보는 별
우리들과 아—주 친하고 그중 빛나는 별을 노래하자
아름다운 미래를 꾸며 볼 동방의 큰 별을 가지자

한 개의 별을 가지는 건 한 개의 지구를 갖는 것
아롱진 설움밖에 잃을 것도 없는 낡은 이 땅에서
한 개의 새로운 지구를 차지할 오는 날의 기쁜 노래를
목 안에 핏대를 올려가며 마음껏 불러 보자

처녀의 눈동자를 느끼며 돌아가는 군수야업(軍需夜業)의 젊은 동무들
푸른 샘을 그리는 고달픈 사막의 행상대도 마음을 축여라
화전(火田)에 돌을 줍는 백성들도 옥야천리(沃野千里)를 차지하자

다 같이 제멋에 알맞는 풍양한 지구의 주재자(主宰者)로
임자 없는 한 개의 별을 가질 노래를 부르자

한 개의 별 한 개의 지구 단단히 다져진 그 땅 위에
모든 생산의 씨를 우리의 손으로 휘뿌려 보자
영속처럼 찬란한 열매를 거두는 찬연(餐宴)엔
예의에 끌림 없는 반취(半醉)의 노래라도 불러 보자

염리한 사람들을 다스리는 신이란 항상 거룩하시니
새 별을 찾아가는 이민(移民)들의 그 틈엔 안 끼어 갈 테니
새로운 지구에단 죄 없는 노래를 진주처럼 흩이자

한 개의 별을 노래하자 다만 한 개의 별일망정
한 개 또 한 개 십이성좌(十二星座) 모든 별을 노래하자.

반묘(斑猫)

어느 사막의 나라 유폐된 후궁의 넋이기에
몸과 마음도 아롱져 근심스러워라

칠색 바다를 건너서 와도 그냥 눈동자에
고향의 황혼을 간직해 서럽지 안뇨

사람의 품에 깃들면 등을 굽히는 짓새
산맥을 느낄사록 끝없이 게을너라

그 적은 포효는 어느 조선때 유전이길래
마노(瑪瑙)의 노래야 한층 더 잔조우리라

그보다 뜰안에 흰나비 나즉이 날라올땐
한낮의 태양과 튜립 한송이 지킴직하고

광야

까마득한 날에
하늘이 처음 열리고
어데 닭 우는 소리 들렸으랴

모든 산맥들이
바다를 연모해 휘달릴 때도
참아 이곳을 범(犯)하든 못하였으리라
끈임없는 광음(光陰)을
부지런한 계절이 피어선 지고
큰 강물이 비로소 길을 열었다

지금 눈 내리고
매화향기 홀로 아득하니
내 여기 가난한 노래의 씨를 뿌려라

다시 천고(千古)의 뒤에
백마 타고 오는 초인(超人)이 있어
이 광야에서 목놓아 부르게 하리라

나의 뮤-즈

아주 헐벗은 나의 뮤-즈는
한 번도 기야 싶은 날이 없어
사뭇 밤만을 왕자처럼 누려 왔소

아무것도 없는 주제였건만
모든 것이 제 것인 듯 뻐틔는 멋이야
그냥 인드라의 영토를 날라도 단인다오

고향은 어디라 물어도 말은 않지만
처음은 정녕 북해안 매운 바람속에 자라
대곤(大棍)을 타고 다녔던 것이 일생의 자랑이죠

계집을 사랑커든 수염이 너무 주체스럽다도
취하면 행랑 뒷골목을 돌아서 다니며
복보다 크고 흰 귀를 자주 망토로 가리오

그러나 나와는 몇 천겁(千劫) 동안이나
바로 비취(翡翠)가 녹아 나는듯한 돌샘가에
향연이 벌어지면 부르는 노래란 목청이 외골수요

밤도 시진하고 닭소리 들릴 때면
그만 그는 별 계단을 성큼성큼 올라가고
나는 촛불도 꺼져 백합 꽃밭에 옷깃이 젖도록 잤소

춘수삼제(春愁三題)

1
이른아츰 골목길을 미나리장수가 기-ㄹ게 외우고 감니다.
할머니의 흐린동자(瞳子)는 창공에 무엇을 달리시난지,
아마도 ×에간 맛아들의 입맛(味覺)을 그려나보나봐요.

2
시내ㅅ가 버드나무 이ㅅ다금 흐느적거림니다,
표모(漂母)의 방망이소린 웨저리 모날가요,
쨍쨍한 이볏살에 누덱이만 빨기는 짜증이난게죠.

3
빌딩의 피뢰침(避雷針)에 아즈랑이 걸녀서 헐덕림니다,
도라온 제비떼 포사선(抛射線)을 그리며 날너재재거리는건,
깃드린 옛 집터를 차저목찻는 괴롬갓구려.

실제(失題)

하늘이 높기도 하다
고무풍선 같은 첫겨울 달을
누구의 입김으로 불어 올렸는지?
그도 반 넘어 서쪽에 기울어졌다

행랑 뒷골목 호젓한 상술집엔
팔려 온 냉해지처녀(冷害地處女)를 둘러싸고
대학생의 지질숙한 눈초리가
사상선도(思想善導)의 염탐꾼 밑에 떨고 있나

라디오의 수양강화(修養講話)가 끝이 났는지?
마—장 구락부(俱樂部) 문간은 하품을 치고
삘딩 돌담에 꿈을 그리는 거지새끼만
이 도시의 양심을 지키나보다

바람은 밤을 집어삼키고
아득한 까스 속을 흘러서 가니
거리의 주인공인 해태의 눈깔은
언제나 말갛게 푸르러 오노

노정기(路程記)

목숨이란 마치 깨여진 배쪼각
여기저기 흩어져 마을이 구죽죽한 어촌보담 어설프고
삶의 틔끌만 오래묵은 포범(布帆)처럼 달아매였다

남들은 기뻤다는 젊은 날이었것만
밤마다 내 꿈은 서해를 밀항하는 '짱크'와 같애
소금에 절고 조수(潮水)에 부프러 올랐다

항상 흐렸한밤 암초를 벗어나면 태풍과 싸워가고
전설에 읽어본 산호도는 구경도 못하는
그곳은 남십자성(南十字星)이 비쳐주도 않았다

쫓기는 마음 지친 몸이길래
그리운 지평선(地平線)을 한숨에 기오르면
시궁치는 열대식물(熱帶植物)처럼 발목을 오여쌌다

새벽 밀물에 밀려온 거미이냐
다 삭아빠즌 소라 깍질에 나는 붙어 왔다
머-ㄴ 항구의 노정에 흘러간 생활을 드려다보며

말

흩트러진 갈기
후주근한 눈
밤송이 가튼 털
오! 먼길에 지친 말
채죽에 지친 말이여!

수굿한 목통
축- 처진 꼬리
서리에 번적이는 네굽
오! 구름을 헷치려는 말
새해에 소리칠 힌말이여!

해조사(海潮詞)

동방(洞房)을 찾아드는 신부(新婦)의 발자취같이
조심스리 걸어오는 고이한 소리!
해조(海潮)의 소리는 네모진 내 들창을 열다
이 밤에 나를 부르는 이 없으련만?

남생이 등같이 외로운 이 서-ㅁ 밤을
싸고 오는 소리! 고이한 침략자여!
내 보고(寶庫)를 문을 흔드는 건 그 누군고?
영주(領主)인 나의 한 마디 허락도 없이.

코카서스 평원을 달리는 말굽 소리보다
한층 요란한 소리! 고이한 약탈자여!
내 정열밖에 너들에 뺏길게 무엇이료
가난한 귀향살이 손님은 파려하다.

올 때는 그리 호기롭게 올려와서
너들의 숨결이 밀수자(密輸者)같이 헐데느냐
오-그것은 나에게 호소하는 말 못할 울분인가?
내 고성(古城)엔 밤이 무겁게 깊어 가는데.

쇠줄에 끌려 걷는 수인(囚人)들의 무거운 발소리!
옛날의 기억을 아롱지게 수놓는 고이한 소리!
해방을 약속하던 그날 밤의 음모를
먼동이 트기 전 또다시 속삭여 보렴인가?

검은 베일을 쓰고 오는 젊은 여승들의 부르짖음
고이한 소리! 발밑을 지나며 흑흑 느끼는 건
어느 사원을 탈주해 온 어여쁜 청춘의 반역인고?
시들었던 내 항분(亢奮)도 해조처럼 부풀어 오르는 이 밤에.

이 밤에 날 부를 이 없거늘! 고이한 소리!
광야를 울리는 불 맞은 사자(獅子)의 신음인가?
오 소리는 장엄한 네 생애의 마지막 포효(咆哮)!
내 고도(孤島)의 매태 낀 성곽을 깨뜨려다오!

산실을 새어나는 분만의 큰 괴로움!
한밤에 찾아올 귀여운 손님을 맞이하자
소리! 고이한 소리! 지축(地軸)이 메지게 달려와
고요한 섬 밤을 지새게 하난고녀.

거인의 탄생을 축복하는 노래의 합주!
하늘에 사무치는 거룩한 기쁨의 소리!
해조(海潮)는 가을을 불러 내 가슴을 어루만지며
잠드는 넋을 부르다 오-해조! 해조의 소리!

황혼

내 골방의 커튼을 걷고
정성된 맘으로 황혼을 맞아들이노니
바다의 흰 갈매기들같이도
인간은 얼마나 외로운 것이냐

황혼아, 네 부드러운 손을 힘껏 내밀라
내 뜨거운 입술을 맘대로 맞추어 보련다
그리고 네 품안에 안긴 모든 것에게
나의 입술을 보내게 해다오

저-십이성좌(十二星座)의 반짝이는 별들에게도
종소리 저문 삼림 속 그윽한 수녀들에게도
시멘트 장판 위 그 많은 수인(囚人)들에게도
의지 가지 없는 그들의 심장이 얼마나 떨고 있을까

고비사막을 끊어가는 낙타 탄 행상대에게나
아프리카 녹음 속 활 쏘는 토인(土人)들에게라도
황혼아, 네 부드러운 품안에 안기는 동안이라도
지구의 반쪽만을 나의 타는 입술에 맡겨다오

내 오월의 골방이 아늑도 하니
황혼아, 내일도 또 저-푸른 커튼을 걷게 하겠지
암암(暗暗)히 사라지긴 시냇물 소리 같아서
한번 식어지면 다시는 돌아올 줄 모르나 보다

-5월의 병상(病床)에서-

강 건너간 노래

섣달에도 보름께 달 밝은 밤
앞내강(江) 쨍쨍 얼어 조이던 밤에
내가 부르던 노래는 강(江)건너갔소

강(江)건너 하늘 끝에 사막(沙漠)도 닿은 곳
내 노래는 제비같이 날러서 갔소

못 잊을 계집애 집조차 없다기에
가기는 갔지만 어린날개 지치면
그만 어느 모래불에 떨어져 타 죽겠소.

사막(沙漠)은 끝없이 푸른 하늘이 덮여
눈물 먹은 별들이 조상 오는 밤

밤은 옛일을 무지개보다 곱게 짜내나니
한가락 여기 두고 또 한가락 어디멘가
내가 부른 노래는 그 밤에 강(江)건너 갔소.

아편(鴉片)

나릿한 남만(南蠻)의 밤
번제(燔祭)의 두렛불 타오르고

옥돌보다 찬 넋이 있어
홍역이 만발하는 거리로 쏠려

거리엔 노아의 홍수 넘쳐나고
위태한 섬 위에 빛난 별 하나

너는 그 알몸동아리 향기를
봄마다 바람 실은 돛대처럼 오라

무지개같이 황홀한 삶의 광영(光榮)
죄와 결들여도 삶직한 누리.

소년에게

차디찬 아침이슬
진주가 빛나는 못가
연(蓮)꽃 하나 다복히 피고

소년(少年)아 네가 낳다니
맑은 넋에 깃드려
박꽃처럼 자랐세라

큰강(江) 목놓아 흘러
여을은 흰 돌쪽마다
소리 석양(夕陽)을 새기고

너는 준마(駿馬) 달리며
죽도(竹刀) 져 곧은 기운을
목숨같이 사랑했거늘

거리를 쫓아 단여도
분수(噴水)있는 풍경(風景)속에
동상답게 서봐도 좋다

서풍(西風) 뺨을 스치고
하늘 한가 구름 뜨는곳
희고 푸른 지음을 노래하며

그래 가락은 흔들리고
별들 춥다 얼어붙고
너조차 미친들 어떠랴

절정(絶頂)

매운 계절의 채찍에 갈겨
마침내 북방으로 휩쓸려 오다.

하늘도 그만 지쳐 끝난 고원(高原)
서릿발 칼날 진 그 위에 서다.

어데다 무릎을 꿇어야 하나
한 발 재겨 디딜 곳조차 없다.

이러매 눈감아 생각해 볼밖에
겨울은 강철로 된 무지갠가 보다.

광인의 태양

분명 라이플 선(線)을 튕겨서 올라
그냥 화화(火華)처럼 살아서 곱고

오랜 나달 연초에 끄스른
얼굴을 가리션 슬픈 공작선(孔雀扇)

거칠은 해협마다 흘긴 눈초리
항상 요충지대(要衝地帶)를 노려가다

일식

쟁반에 먹물을 담아 햇살을 비쳐본 어린 날
불개는 그만 하나밖에 없는 내 날을 먹었다

날과 땅이 한줄 위에 돈다는 고 순간만이라도
차라리 헛말이기를 밤마다 정영 빌어도 보았다

마츰내 가슴은 동굴보다 어두워 설래인고녀
다만 한 봉오리 피려는 장미벌레가 좀치렷다

그래서 더 예쁘고 진정 덧없지 아니하냐
또 어데 다른 하늘을 얻어 이슬 젖은 별빛에 가꾸련다.

교목

푸른 하늘에 닿을 듯이
세월에 불타고 우뚝 남아서서
차라리 봄도 꽃피진 말아라.

낡근 거미집 휘두르고
끝없는 꿈길에 혼자 설레이는
마음은 아예 뉘우침 아니라.

검은 그림자 쓸쓸하면
마침내 호수(湖水)속 깊이 거꾸러져
차마 바람도 흔들진 못해라.

초가

구겨진 하늘은 묵은 얘기책을 편 듯
돌담울이 고성(古城)같이 둘러싼 산기슭
박쥐 나래 밑에 황혼이 묻혀오면
초가 집집마다 호롱불이 켜지고
고향을 그린 묵화(墨畵) 한 폭 좀이 쳐.

띄엄띄엄 보이는 그림 조각은
앞밭에 보리밭에 말매나물 캐러 간
가시내는 가시내와 종달새 소리에 반해
빈 바구니 차고 오긴 너무도 부끄러워
술레짠 두 뺨 위에 모매꽃이 피었고.

그네줄에 비가 오면 풍년이 든다더니
앞내강에 씨레나무 밀려 나리면
젊은이는 젊은이와 뗏목을 타고
돈 벌러 항구로 흘러간 몇 달에
서릿발 잎 져도 못 오면 바람이 분다.

피로 가꾼 이삭에 참새로 날아가고
곰처럼 어린놈이 북극을 꿈꾸는데
늙은이는 늙은이와 싸우는 입김도

벽에 서려 성애 끼는 한겨울 밤은
동리(洞里)의 밀고자(密告者)인 강물조차 얼붙는다

소공원

한낮은 햇발이
백공작(百孔雀) 꼬리 위에 함북 퍼지고

그넘에 비둘기 보리밭에 두고 온
사랑이 그립다고 근심스레 코고을며

해오래비 청춘(靑春)을 물가에 흘려보냈다고
쭈그리고 앉아 비를 부르건마는

흰 오리 떼만 분주히 미끼를 찾아
자무락질치는 소리 약간 들리고

언덕은 잔디밭 파라솔 돌리는 이국소녀 둘
해당화(海棠花) 같은 뺨을 돌려 망향가(望鄕歌)도 부른다.

호수

내여달리고 저운 마음이련만은
바람에 씻은 듯 다시 명상(瞑想)하는 눈동자

때로 백조(白鳥)를 불러 휘날려보기도 하건만
그만 기슭을 안고 돌아누워 흑흑 느끼는 밤

희미한 별 그림자를 씹어 놓이는 동안
자줏빛 안개 가벼운 명모(瞑帽)같이 나려 씌운다.

연보(年譜)

'너는 돌다릿목에서 줘 왔다'던
할머니의 핀잔이 참이라고 하자.

나는 진정 강언덕 그 마을에
벌어진 문받이였는지 몰라.

그러기에 열여덟 새 봄을
버들피리 곡조에 불어 보내고

첫사랑이 흘러간 항구의 밤
눈물 섞어 마신 술, 피보다 달더라.

공명이 마다곤들 언제 말이나 했나
바람에 붙여 돌아온 고장도 비고

서리 밟고 걸어간 새벽 길 위에
간(肝) 잎만이 새하얗게 단풍이 들어

거미줄만 발목에 걸린다 해도
쇠사슬을 잡아맨 듯 무거워졌다.

눈 위에 걸어가면 자욱이 지리라.
때로는 설레이며 바람도 불지.

서풍

서리 빛을 함북 띠고
하는 끝없이 푸른 데서 왔다.

강바닥에 깔려 있다가
갈대꽃 하얀 우를 스쳐서.

장사의 큰 칼집에 숨어서는
귀향 가는 손의 돛대도 불어주고.

젊은 과부의 뺨도 희던 날
대밭에 벌레소릴 가꾸어놓고

회한(悔恨)을 사시나무 잎처럼 흔드는
네오면 불길(不吉)할 것 같아 좋아라.

꽃

동방은 하늘도 다 끝나고
비 한 방울 내리잖는 그 땅에도
오히려 꽃은 빨갛게 피지 않는가
내 목숨을 꾸며 쉬임 없는 날이여!

북쪽 툰드라에도 찬 새벽은
눈 속 깊이 꽃 맹아리가 옴작거려
제비 떼 까맣게 날아오길 기다리나니
마침내 저버리지 못할 약속(約束)이여!

한 바다 복판 용솟음치는 곳
바람결 따라 타오르는 꽃성(城)에는
나비처럼 취(醉)하는 회상(回想)의 무리들아
오늘 내 여기서 너를 불러 보노라

파초(芭蕉)

항상 앓는 나의 숨결이 오늘은
해월(海月)처럼 게을러 은(銀)빛 물결에 뜨나니

파초(芭蕉) 너의 푸른 옷깃을 들어
이닷 타는 입술을 축여주렴

그 옛적 사라센의 마지막 날엔
기약(期約)없이 흩어진 두낱 넋이었어라

젊은 여인들의 잡아 못논 소매끝엔
고은 손금조차 아직 꿈을 짜는데

먼 성좌(星座)와 새로운 꽃들을 볼 때마다
잊었던 계절을 몇번 눈위에 그렸느뇨

차라리 천년(千年) 뒤 이 가을밤 나와 함께
빗소리는 얼마나 긴가 재어보자

그리고 새벽하늘에 어데 무지개 서면
무지개 밟고 다시 끝없이 헤어지세

서울

어떤 시골이라도 어린애들은 있어 고놈들 꿈결조차 잊지 못할 자랑 속에 피어나 황홀하기 장미(薔薇)빛 바다였다.

밤마다 야광충들의 고흔 불 아래 모여서 영화로운 잔체와 쉴새 없는 해조(諧調)에 따라 푸른 하늘을 꾀했다는 이야기.

왼 누리의 심장을 거기에 느껴 보겠다고 모든 길과 길들 핏줄같이 엉클여서 역마다 느릅나무가 늘어서고

긴 세월이 맴도는 그 판에 고추 먹고 뱅-뱅 찔레 먹고 뱅-뱅 넘어지면 「맘모스」의 해골처럼 흐르는 인광(燐光) 길다랗게.

개아미 마치 개아미다 젊은놈들 겁이 잔뜩나 차마 차마하는 마음은 널 원망에 비겨 잊을 것 이었다 깍쟁이.

언제나 여름이 오면 황혼의 이뿔따귀 저뿔따귀에 한 줄식 걸쳐 매고 짐짓 창공에 노려대는 거미집이다 텅비인.

제발 바람이 세차게 불거든 캐캐묵은 몬지를 눈보라마냥 날려라 녹아 나리면 개천에 고놈 살무사들 승천을 할넌지.

해후

모든 별들이 비취계단(翡翠階段)을 나리고 풍악소래 바루 조수처럼
부푸러 오르던 그밤 우리는 바다의 전당을 떠났다

가을 꽃을 하직하는 나비모냥 떨어져선 다시 가까이 되돌아 보곤
또 멀어지던 흰 날개우엔 볕ㅅ살도 따갑더라

머나먼 기억(記憶)은 끝없는 나그네의 시름속에 자라나는
너를 간직하고 너도 나를 아껴 항상 단조한 물결에 익었다

그러나 물결은 흔들려 끝끝내 보이지 않고 나조차
계절풍의 넋이 가치 휩쓸려 정치못 일곱 바다에 밀렸거늘

너는 무삼 일로 사막(沙漠)의 공주같아 연지(脂)찍은 붉은 입술을
내 근심에 표백(漂白)된 돛대에 거느뇨 오—안타까운 신월(新月)
때론 너를 불러 꿈마다 눈 덮인 내 섬속 투명(透明)한 영락(玲珞)으로
세운 집안에 머리 푼 알몸을 황금(黃金) 항쇄(項鎖) 족쇄(足鎖)로 매
여 두고

귀ㅅ밤에 우는 구슬과 사슬 끊는 소리 들으며 나는 이름도
모를 꽃밭에 물을 뿌리며 먼 다음 날을 빌었더니

꽃들이 피면 향기에 취(醉)한 나는 잠든 틈을 타
너는 온갖 화판(花瓣)을 따서 날개를 붙이고 그만 어데로 날아갔더냐

지금 놀이 나려 선창(船窓)이 고향(故鄕)의 하늘보다 둥글거늘
검은 망토를 두르기는 지나간 세기(世紀)의 상장(喪章)같애 슬프지
않은가

차라리 그 고은 손에 흰 수건을 날리렴 허무의 분수령(分水嶺)에
앞날의 기(旗)빨을 걸고 너와 나와는 또 흐르자 부끄럽게 흐르자

독백

운모(雲母)처럼 희고 찬 얼굴
그냥 주검에 물든 줄 아나
내 지금 달 아래 서서 있네

돛대보다 높다란 어깨
얕은 구름쪽 거미줄 가려
파도나 바람을 귀밑에 듣네

갈매긴 양 떠도는 심사
어데 하난들 끝간 델 아리
오롯한 사념을 기폭에 흘리네

선창마다 푸른 막 치고
촛불 향수에 찌르르 타면
운하는 밤마다 무지개 지네

박쥐같은 날개나 펴면
아주 흐린 날 그림자 속에
떠서는 날쟎는 사복이 됨세

닭소리나 들리면 가랴
안개 뽀양게 나리는 새벽
그곳을 가만히 나려서 감세

아미(娥眉)

향수(鄕愁)에 철나면 눈섭이 기난이요
바다랑 바람이랑 그 사이 태여 났고
나라마다 어진 풍속에 자랐겠죠.

짓푸른 깁장(帳)을 나서면 그 몸매
하이얀 깃옷은 휘둘러 눈부시고
정녕 왈츠라도 추실란가봐요.

햇살같이 펼쳐진 부채는 감춰도
도톰한 손결 교소(驕笑)를 가루어서
공주의 홀(笏)보다 깨끗이 떨리오.

언제나 모듬에 지쳐서 돌아오면
꽃다발 향기조차 기억만 새로워라
찬 젓대 소리에다 옷끈을 흘려보내고.

촛불처럼 타오르는 가슴속 사념(思念)은
진정 누구를 애끼시는 속죄(贖罪)라오
발아래 가득히 황혼이 나우리치오

달빛은 서늘한 원주(圓柱)아래 듭시면
장미(薔薇)쪄 이고 장미쪄 흩으시고
아련히 가시는곳 그 어딘가 보이오.

자야곡

수만호 빛이래야 할 내 고향이언만
노랑나비도 오쟎는 무덤 위에 이끼만 푸르리라.

슬픔도 자랑도 집어삼키는 검은 꿈
파이프엔 조용히 타오르는 꽃불도 향기론데

연기는 돛대처럼 나려 항구에 들고
옛날의 들창마다 눈동자엔 짜운 소금이 저려

바람 불고 눈보래 치쟎으면 못 살리라.
매운 술을 마셔 돌아가는 그림자 발자취 소리

숨 막힐 마음속에 어데 강물이 흐르뇨
달은 강을 따르고 나는 차디찬 강 맘에 드리느라.

수만호 빛이래야 할 내 고향이언만
노랑나비도 오쟎는 무덤 위에 이끼만 푸르리라.

바다의 마음

물새 발톱은 바다를 할퀴고
바다는 바람에 입김을 분다.
여기 바다의 은총(恩寵)이 잠자고 있다.

흰돛(白帆)은 바다를 칼질하고
바다는 하늘을 간질여 본다.
여기 바다의 아량이 간직여 있다.

날근 그물은 바다를 얽고
바다는 대륙을 푸른 보로 싼다.
여기 바다의 음모(陰謀)가 서리어 있다.

편복

광명(光明)을 배반(背反)한 아득한 동굴(洞窟)에서
다 썩은 들보라 무너진 성채(城砦) 위 너 홀로 돌아다니는
가엾은 박쥐여! 어둠에 왕자(王者)여!
쥐는 너를 버리고 부자집 고(庫)간으로 도망했고
대붕(大鵬)도 북해로 날아간 지 이미 오래거늘
검은 세기에 상장(喪裝)이 갈갈이 찢어질 긴 동안
비둘기같은 사랑을 한 번도 속삭여 보지도 못한
가엾은 박쥐여! 고독(孤獨)한 유령(幽靈)이여!

앵무와 함께 종알대어 보지도 못하고
딱짜구리처럼 고목(古木)을 쪼아 울리도 못 하거니
만호보다 노란 눈깔은 유전을 원망한들 무엇하랴

서러운 주교(呪交)일사 못 외일 고민(苦悶)의 이빨을 갈며
종족(種族)과 홰를 잃어도 갈 곳조차 없는
가엾은 박쥐여! 영원한 「보헤미안」의 넋이여!

제 정열에 못 이겨 타서 죽는 불사조(不死鳥)는 아닐망정
공산(空山) 잠긴 달에 울어 새는 두견(杜鵑)새 흘리는 피는
그래도 사람의 심금(心琴)을 흔들어 눈물을 짜내지 않는가!
날카로운 발톱이 암사슴의 연한 간을 노려도봤을
너의 머―ㄴ 조선(祖先)의 영화(榮華)롭던 한시절 역사도
이제는「아이누」의 가계(家系)와도 같이 서러워라!
가엾은 박쥐여! 멸망(滅亡)하는 겨레여!
운명의 제단(祭壇)에 가늘게 타는 향(香)불마자 꺼젓거든
그많은 새 짐승에 빌붓칠 애교라도 가젓단말가?
상금조(相琴鳥)처럼 고흔 빰을 채롱에 팔지도 못하는 너는
한토막 꿈조차 못꾸고 다시 동굴로 도라가거니
가엽슨 빡쥐여! 검은 화석(化石)의 요정(妖精)이여!

잃어진 고향

제비야
너도 고향이 있느냐

그래도 강남을 간다니
저노픈 재우에 힌 구름 한쪼각

네깃에 무드면
두날개가 촉촉이 젓겠구나

가다가 푸른 숲우를 지나거든
홧홧한 네 가슴을 식혀나가렴

불행히 사막에 떠러져 타죽어도
아이서려야 않겠지

그야 한때 나라도 홀로 높고 빨라
어느 때나 외로운 넋이였거니

그곳에 푸른 하늘이 열리면
엇저면 네새고장도 될법하이

산

바다가 수건을 날여 부르고
난 단숨에 뛰여 달여서 왔겠죠

천금(千金)같이 무거운 엄마의 사랑을
헛된 항도(航圖)에 역겨 보낸 날

그래도 어진 태양(太陽)과 밤이면 뭇별들이
발아래 깃드려 오오

그나마 나라나라를 흘러 다니는
뱃사람들 부르는 망향가

그야 창자를 끊으면 무얼하겠오

무제

비올가 바란마음 그마음 지난 바램
하로가 열흘같이 기약도 아득해라
바라다 지친이넋을 잠재올가하노라

잠조차 업는 밤에 촛불태워 안젓으니
리별에 병든몸이 나을길 없오매라
저달 상기 보고가오니 때로 볼가 하노라

八月四日(1936)

『육필서신』(신석초에게 보낸 엽서에 실림)

한용운

나룻배와 행인

나는 나룻배
당신은 행인.

당신은 흙발로 나를 짓밟습니다.
나는 당신을 안고 물을 건너갑니다.
나는 당신을 안으면 깊으나 옅으나 급한 여울이나 건너갑니다.

만일 당신이 아니 오시면 나는 바람을 쐬고 눈비를 맞으며,
밤에서 낮까지 당신을 기다리고 있습니다.
당신은 물만 건너면 나를 돌아보지도 않고 가십니다그려.
그러나 당신이 언제든지 오실 줄만은 알아요.
나는 당신을 기다리면서 날마다 날마다 낡아갑니다.

나는 나룻배
당신은 행인.

님의 침묵

님은 갔습니다. 아아, 사랑하는 나의 님은 갔습니다.
푸른 산빛을 깨치고 단풍나무 숲을 향하여 난 작은 길을 걸어서
차마 떨치고 갔습니다.
황금의 꽃같이 굳고 빛나던 옛 맹세는
차디찬 티끌이 되어서 한숨의 미풍에 날아갔습니다.
날카로운 첫 키스의 추억은 나의 운명의 지침을 돌려놓고
뒷걸음쳐서 사라졌습니다.
나는 향기로운 님의 말소리에 귀먹고
꽃다운 님의 얼굴에 눈멀었습니다.
사랑도 사람의 일이라 만날 때에 미리 떠날 것을 염려하고
경계하지 아니한 것은 아니지만,
이별은 뜻밖의 일이 되고 놀란 가슴은 새로운 슬픔에 터집니다.
그러나 이별을 쓸데없는 눈물의 원천을 만들고 마는 것은
스스로 사랑을 깨치는 것인 줄 아는 까닭에,
걷잡을 수 없는 슬픔의 힘을 옮겨서
새 희망의 정수박이에 들어부었습니다.
우리는 만날 때에 떠날 것을 염려하는 것과 같이
떠날 때에 다시 만날 것을 믿습니다.
아아, 님은 갔지마는 나는 님을 보내지 아니하였습니다.
제 곡조를 못 이기는 사랑의 노래는 님의 침묵을 휩싸고 돕니다.

알 수 없어요

바람도 없는 공중에 수직(垂直)의 파문을 내이며
고요히 떨어지는 오동잎은 누구의 발자취입니까.
지리한 장마 끝에 서풍에 몰려가는 검은 구름의 터진 틈으로
언뜻언뜻 보이는 푸른 하늘은 누구의 얼굴입니까.

꽃도 없는 깊은 나무에 푸른 이끼를 거쳐서 옛 탑(塔) 위의
고요한 하늘을 스치는 알 수 없는 향기는 누구의 입김입니까.
근원은 알지도 못할 곳에서 나서 돌뿌리를 울리고
가늘게 흐르는 작은 시내는 굽이굽이 누구의 노래입니까.

연꽃 같은 발꿈치로 가이 없는 바다를 밟고 옥 같은 손으로
끝없는 하늘을 만지면서 떨어지는 해를 곱게 단장하는 저녁
놀은 누구의 시(詩)입니까.

타고 남은 재가 다시 기름이 됩니다.
그칠 줄을 모르고 타는 나의 가슴은 누구의 밤을 지키는 약한
등불입니까.

복종

남들이 자유를 사랑한다지마는
나는 복종을 좋아하여요.

자유를 모르는 것은 아니지만
당신에게는 복종만 하고 싶어요.

복종하고 싶은데 복종하는 것은
아름다운 자유보다도 달콤합니다.
그것이 나의 행복입니다.

그러나 당신이 나더러
다른 사람을 복종하라면
그것만은 복종을 할 수가 없습니다.

다른 사람을 복종하려면
당신에게 복종할 수 없는 까닭입니다.

행복

나는 당신을 사랑하고 당신의 행복을 사랑합니다.
나는 온 세상 사람이 당신을 사랑하고
당신의 행복을 사랑하기를 바랍니다.

그러나 정말로 당신을 사랑하는 사람이 있다면,
나는 그 사람을 미워하겠습니다.
그 사람을 미워하는 것은
당신을 사랑하는 마음의 한 부분입니다.
그러므로 그 사람을 미워하는 고통도 나에게는 행복입니다.

만일 온 세상 사람이 당신을 미워한다면,
나는 그 사람을 얼마나 미워하겠습니까.
만일 온 세상 사람이 당신을 사랑하지도 않고 미워하지도 않는다면, 그것은 나의 일생에 견딜 수 없는 불행입니다.

만일 온 세상 사람이 당신을 사랑하고자 하여 나를 미워한다면,
나의 행복은 더 클 수가 없습니다.
그것은 모든 사람의 나를 미워하는 원한의 두만강이 깊을수록,
나의 당신을 사랑하는 행복의 백두산이 높아지는 까닭입니다.

꿈과 근심

밤 근심이 하 길기에
꿈도 길 줄 알았더니
님을 보러 가는 길에
반도 못 가서 깨었구나.

새벽 꿈이 하 짧기에
근심도 짧을 줄 알았더니
근심에서 근심으로
끝간 데를 모르겠다.

만일 님에게도
꿈과 근심이 있거든
차라리
근심이 꿈 되고 꿈이 근심 되어라.

해당화

당신은 해당화 피기 전에 오신다고 하였습니다.
봄은 벌써 늦었습니다.
봄이 오기 전에는 어서 오기를 바랐더니,
봄이 오고 보니 너무 일찍 왔나 두려워합니다.

철모르는 아이들은 뒷동산에 해당화가 피었다고
다투어 말하기로, 듣고도 못 들은 체하였더니,
야속한 봄바람은,
나는 꽃을 불어서 경대 위에 놓입니다그려.
시름없이 꽃을 주워 입술에 대고
'너는 언제 피었니'하고 물었습니다.
꽃은 말도 없이 나의 눈물에 비쳐서,
둘도 되고 셋도 됩니다.

당신을 보았습니다

당신이 가신 뒤로 나는 당신을 잊을 수가 없습니다.
까닭은 당신을 위하느니보다 나를 위함이 많습니다.

나는 갈고 심을 땅이 없으므로 추수가 없습니다.
저녁거리가 없어서 조나 감자를 꾸러 이웃집에 갔더니,
주인은 '거지는 인격이 없다. 인격이 없는 사람은 생명이 없다. 너를 도와주는 것은 죄악이다.'라고 말하였습니다.
그 말을 듣고 돌아 나올 때에,
쏟아지는 눈물 속에서 당신을 보았습니다.

나는 집도 없고 다른 까닭을 겸하여 민적(民籍)이 없습니다.
'민적 없는 자는 인권이 없다. 인권이 없는 너에게 무슨 정조냐'하고 능욕하려는 장군이 있었습니다.
그를 항거한 뒤에, 남에 대한 격분이 스스로의 슬픔으로 변하는 찰나에 당신을 보았습니다.
아아 온갖 윤리, 도덕, 법률은 칼과 황금을 제사 지내는
연기인 줄을 알았습니다.
영원의 사랑을 받을까, 인간 역사의 첫 페이지에
잉크 칠을 할까. 술을 마실까,
망설일 때에 당신을 보았습니다.

나는 잊고자

남들은 님을 생각한다지만
나는 님을 잊고자 하여요.
잊고자 할수록 생각하기로
행여 잊힐까 하고 생각하여 보았습니다.

잊으려면 생각하고
생각하면 잊히지 아니하니,
잊도 말고 생각도 말아 볼까요.
잊든지 생각하든지 내버려 두어 볼까요.
그러나 그리도 아니 되고
끊임없는 생각생각에 님뿐인데 어찌하여요.

구태여 잊으려면
잊을 수가 없는 것은 아니지만
잠시 죽음뿐이기로
님 두고는 못하여요.

아아, 잊히지 않는 생각보다
잊고자 하는 그것이 더욱 괴롭습니다.

첫 키스

마셔요 제발 마셔요
보면서 못 보는 체 마셔요.
마셔요 제발 마셔요
입술을 다물고 눈으로 말하지 마셔요.
마셔요 제발 마셔요
뜨거운 사랑에 웃으면서 차디찬 잔 부끄러움에 울지 마셔요.
마셔요 제발 마셔요
세계의 꽃을 따면서 항분(亢奮)에 넘쳐서 떨지 마셔요.
마셔요 제발 마셔요
미소는 나의 운명의 가슴에서 춤을 춥니다.
새삼스럽게 스스러워 마셔요.

그를 보내며

그는 간다. 그가 가고 싶어서 가는 것도 아니요, 내가 보내고
싶어서 보내는 것도 아니지만, 그는 간다.
그의 붉은 입술, 흰 이, 가는 눈썹이 어여쁜 줄만 알았더니,
구름 같은 뒷머리, 실버들 같은 허리,
구슬 같은 발꿈치가 보다 아름답습니다.

걸음이 걸음보다 멀어지더니, 보이려다 말고 말려다 보인다.
사람이 멀어질수록 마음은 가까워지고,
마음이 가까워질수록 사람은 멀어진다.
보이는 듯한 것이 그의 흔드는 수건인가 하였더니,
갈매기보다 작은 조각구름이 난다.

사랑하는 까닭

내가 당신을 사랑하는 것은
까닭이 없는 것이 아닙니다.
다른 사람들은 나의 홍안(紅顔)만을 사랑하지마는,
당신은 나의 백발도 사랑하는 까닭입니다.

내가 당신을 기루어하는 것은
까닭이 없는 것은 아닙니다.
다른 사람들은 나의 미소만을 사랑하지마는,
당신은 나의 눈물도 사랑하는 까닭입니다.

내가 당신을 기다리는 것은
까닭이 없는 것은 아닙니다.
다른 사람들은 나의 건강만을 사랑하지마는,
당신은 나의 죽음도 사랑하는 까닭입니다.

꿈이라면

사랑의 속박이 꿈이라면
출세의 해탈도 꿈입니다.
웃음과 눈물이 꿈이라면
무심의 광명도 꿈입니다.
일체만법(一切萬法)이 꿈이라면
사랑의 꿈에서 불멸을 얻겠습니다.

칠석

'차라리 님이 없이 스스로 님이 되고 살지언정, 하늘 위의 직녀성은 되지 않겠어요, 네 네' 나는 언제인지 님의 눈을 쳐다보며 조금 아양스런 소리로 이렇게 말하였습니다.
이 말은 견우의 님을 그리우는 직녀가 일 년에 한 번씩 만나는 칠석을 어찌 기다리나 하는, 동정의 저주였습니다.
이 말에 나는 모란꽃에 취한 나비처럼, 일생을 님의 키스에 바쁘게 지나겠다는, 교만한 맹서가 숨어 있습니다.

아아 알 수 없는 것은 운명이요,
지키기 어려운 것은 맹세입니다.
나의 머리가 당신의 팔위에 도리질을 한 지가,
칠석을 열 번이나 지나고 또 몇 번을 지내었습니다.
그러나 그들은 나를 용서하고 불쌍히 여길 뿐이요,
무슨 복수적 저주를 아니 하였습니다.
그들은 밤마다 밤마다 은하수를 사이에 두고,
마주 건너다보며 이야기하고 놉니다.
그들은 해쭉해쭉 웃는 은하수의 강안(江岸)에서,
물을 한 줌씩 쥐어서 서로 던지고 다시 뉘우쳐 후회합니다.
그들은 물에다 발을 잠그고 반 비슥이 누워서,
서로 안 보는 체하고 무슨 노래를 부릅니다.
그들은 갈잎으로 배를 만들고, 그 배에다 무슨 글을 써서 물에 띄우고 입김으로 불어서 서로 보냅니다. 그리고 서로 글을 보고, 이해하지 못하는 것처럼 잠자코 있습니다.
그들은 돌아갈 때에는 서로 보고 웃기만 하고
아무 말도 아니 합니다.

지금은 칠월 칠석날 밤입니다.
그들은 난초실로 주름을 접은 연꽃의 웃옷을 입었습니다.
그들은 한 구슬에 일곱 빛나는
계수나무 열매의 노리개를 찼습니다.
키스의 술에 취할 것을 상상하는 그들의 뺨은, 먼저 기쁨을 못 이기는 자기의 열정에 취하여 반이나 붉었습니다.
그들은 오작교(烏鵲橋)를 건너갈 때에,
걸음을 멈추고 웃옷의 뒷자락을 검사합니다.
그들은 오작교를 건너서 서로 포옹하는 동안에, 눈물과 웃음이 순서를 잃더니, 다시금 공경하는 얼굴을 보입니다.
아아 알 수 없는 것은 운명이요,
지키기 어려운 것은 맹서입니다.
나는 그들의 사랑이 표현인 것을 보았습니다.
진정한 사랑은 표현할 수가 없습니다.
그들은 나의 사랑을 볼 수 없습니다.
사랑의 신성(神聖)은 표현에 있지 않고 비밀에 있습니다.
그들이 나를 하늘로 오라고 손짓을 한대도,
나는 가지 않겠습니다.
지금은 칠월 칠석날 밤입니다.

나의 꿈

당신이 맑은 새벽에 나무 그날 사이에서 산보할 때에,
나의 꿈은 작은 별이 되어서
당신의 머리 위에 지키고 있겠습니다.
당신이 여름날에 더위를 못 이기어 낮잠을 자거든,
나의 꿈은 맑은 바람이 되어서 당신의 주위에 떠돌겠습니다.
당신이 고요한 가을밤에 그윽히 앉아서 글을 볼 때에,
나의 꿈은 귀뚜라미가 되어서 책상 밑에서 '귀뚤귀뚤' 울겠
습니다.

만족

세상에 만족이 있느냐? 인생에게 만족이 있느냐?
있다면 나에게도 있으리라

세상에 만족이 있기는 있지마는 사람의 앞에만 있다
거리는 사람의 팔 길이와 같고 속력은
사람의 걸음과 비례가 된다
만족은 잡을래야 잡을 수도 없고
버릴래야 버릴 수도 없다

만족을 얻고 보면 얻은 것은 불만족이요
만족은 의연히 앞에 있다
만족은 우자(愚者)나 성자(聖者)의 주관적
소유가 아니며 약자의 기대뿐이다
만족은 언제든지 인생과 수적평행(竪的平行)이다
나는 차라리 발꿈치를 돌려서 만족의 묵은
자취를 밟을까 하노라

아아! 나는 만족을 얻었노라
아지랑이 같은 꿈과 금실 같은 환상이
님계신 꽃동산에
들릴 때에 아아 ! 나는 만족을 얻었노라

나의 노래

나의 노래가락의 고저장단은 대중이 없습니다
그래서 세속의 노래 곡조와는 조금도
맞지 않습니다
그러나 나는 나의 노래가 세속 곡조에
맞지 않는 것을 조금도 애달파하지 않습니다
나의 노래는 세속의 노래와 다르지 아니하면
아니 되는 까닭입니다
곡조는 노래의 결함을 억지로
조절하려는 것입니다
곡조는 부자연한 노래를 사람의
망상(妄想)으로 토막쳐 놓는 것입니다
참된 노래에 곡조를 붙이는 것은 노래의
자연에 치욕입니다
님의 얼굴에 단장을 하는 것이 도리어
흠이 되는 것과 같이 나의 노래에
곡조를 붙이면 도리어 결점이 됩니다

나의 노래는 사랑의 신(神)을 울립니다
나의 노래는 처녀의 청춘을 쥐어짜서
보기도 어려운 맑은 물을 만듭니다
나의 노래는 님의 귀에 들어가서는

천국(天國)의 음악이 되고 님의 꿈에
들어가서는 눈물이 됩니다

나의 노래가 산과 들을 지나서 멀리 계신
님에게 들리는 줄을 나는 압니다
나의 노래가락이 바르르 떨다가 소리를
이르지 못할 때에 나의 노래가 님의
눈물겨운 고요한 환상으로 들어가서
사라지는 것을 나는 분명히 압니다
나는 나의 노래가 님에게 들리는 것을
생각할 때에 광영(光榮)에 넘치는
나의 작은 가슴은 발발발 떨면서 침묵의
음보(音譜)를 그립니다

가지 마셔요

그것은 어머니의 가슴에 머리를 숙이고,
아기자기한 사랑을 받으려고 삐죽거리는 입술로
표정하는 어여쁜 아기를 싸안으려는
사랑의 날개가 아니라 적의 깃발입니다.
그것은 자비의 백호광명이 아니라
번득거리는 악마의 눈빛입니다.
그것은 면류관과 황금의 누리와 죽음과를
본 체도 아니하고 몸과 마음을 돌돌 뭉쳐서
사랑의 바다에 퐁당 넣으려는
사랑의 여신이 아니라 위안에 목마른 나의 님이여!
걸음을 돌리셔요, 거기를 가지 마셔요, 나는 싫어요.

대지의 음악은 무궁화 그늘에 잠들었습니다.
광명의 꿈은 검은 바다에서 자맥질합니다.
무서운 침묵은 만상의 속살거림에
서슬이 푸른 교훈을 내리고 있습니다.
아아, 님이여! 이 새 생명의 꽃에 취하려는 나의 님이여!
걸음을 돌리셔요, 거기를 가지 마셔요, 나는 싫어요.

거룩한 천사가 세례를 받는 순간 순결한 청춘을 똑 따서
그 속에 자기의 생명을 넣어 그것을 사랑의 제단에
제물로 드리는 어여쁜 처녀가 어디 있어요.
달콤하고 맑은 향기를 꿀벌에게 주고
다른 꿀벌에게 주지 않는 이상한 백합꽃이 어디 있어요.
자신의 정체를 죽음의 청산에 장사지내고
흐르는 빛으로 밤을 두 조각에 베이는 반딧불이 어디있어요.
아아, 님이여! 정(情)에 순사(殉死)하려는 나의 님이여!
걸음을 돌리셔요, 거기를 가지 마셔요, 나는 싫어요.

그 나라에는 허공이 없습니다.
그 나라에는 그림자 없는 사람들이 전쟁을 하고 있습니다.
그 나라에는 우주만상의
모든 생명의 쇳대를 가지고,
척도를 초월한 삼엄한 궤율로 진행하는
위대한 시간이 정지되었습니다.
아아, 님이여! 죽음을 방향(芳香)이라고 아는 나의 님이여,
걸음을 돌리셔요, 거기를 가지 마셔요, 나는 싫어요.

참아주셔요

나는 당신의 이별하지 아니할 수가 없습니다.
님이여, 나의 이별을 참아주셔요.
당신은 고개를 넘어갈 때에 나를 돌아보지 마셔요.
나의 몸은 한 작은 모래 속으로 들어가려 합니다.

님이여, 이별을 참을 수가 없거든,
나의 죽음을 참아주셔요
나의 생명의 배는 부끄럼의 땀과 바다에서,
스스로 폭침(爆沈)하려 합니다.
님이여, 님의 입김으로 그것을 불어서,
속이 잠기게 하여 주셔요
그리고 그것을 웃어 주셔요.

님이여, 나의 죽음을 참을 수가 없거든,
나를 사랑하지 말아 주셔요.
그리고 나로 하여금 당신을 사랑할 수가 없도록 하여 주셔요.
나의 몸은 터럭 하나도 빼지 아니한 채로,
당신의 품에 사라지겠습니다.

님이여, 당신과 내가 사랑의 속에서,
하나가 되는 것을 참아주셔요.
그리하여 당신은 나를 사랑하지 말고, 나로 하여금
당신을 사랑할 수가 없도록 하여 주셔요. 오오, 님이여.

당신 가신 때

당신이 가실 때에 나는 다른 시골에 병들어 누워서
이별의 키스도 못 하였습니다.
그 때는 가을바람이 첨으로 나서
단풍이 한 가지에 두서너 잎이 붉었습니다.

나는 영원의 시간에서 당신 가신 때를 끊어 내겠습니다.
그러면 시간은 두 도막이 납니다.
시간의 한 끝은 당신이 가지고 한 끝은 내가 가졌다가,
당신의 손과 나의 손과 마주 잡을 때에
가만히 이어 놓겠습니다.

그러면 붓대를 잡고 남의 불행한 일만을 쓰려고 기다리는
사람들도 당신의 가신 때는 쓰지 못할 것입니다.
나는 영원의 시간에서 당신 가신 때를 끊어 내겠습니다.

당신은

당신은 나를 보면 왜 늘 웃기만 하셔요
당신의 찡그리는 얼굴을 좀 보고 싶은데
나는 당신을 보고 찡그리기는 싫어요
당신은 찡그리는 얼굴을
보기 싫어하실 줄을 압니다
그러나 떨어진 도화가 날아서 당신의
입술을 스칠 때에 나는 이마가
찡그려지는 줄도 모르고 울고 싶었습니다
그래서 금실로 수놓은 수건으로
얼굴을 가렸습니다

당신이 아니더면

당신이 아니더면 포시럽고 매끄럽던 얼굴에
왜 주름살이 접혀요.
당신이 괴롭지만 않다면,
언제까지라도 나는 늙지 아니할 테여요.
맨 처음에 당신에게 안기던
그때대로 있을 테여요.

그러나 늙고 병들고 죽기까지라도,
당신 때문이라면 나는 싫지 않아요.
나에게 생명을 주든지 죽음을 주든지
당신의 뜻대로만 하셔요.
나는 곧 당신이어요.

후회

당신이 계실 때에 알뜰한 사랑을 못하였습니다.
사랑보다 믿음이 많고 즐거움보다 조심이 더하였습니다.
게다가 나의 성격이 냉담하고 더구나 가난에 쫓겨서
병들어 누운 당신에게 도리어 소활하였습니다.
그러므로 당신이 가신 뒤에 떠난 근심보다
뉘우치는 눈물이 많습니다.

우리가
가장
사랑하는
시인

윤동주 김소월 이육사 한용운

2쇄 발행 | 2024년 10월 20일
펴낸이 | 이원호
디자인 | 심플리
펴낸곳 | 리나북스
등 록 | 제99-2021-000013호
전 화 | 031)576-0959
이메일 | rinabooks@naver.com
구입문의 | rinabooks@naver.com
ISBN | 979-11-974084-7-2 03810